励ましのあやとり

Hagemashi no Ayatori

小島拓也
Takuya Kojima

文芸社

はじめに

初めまして、小島拓也と申します。

この本は、今までの自分の経験を詩として表現しています。

狭いようで広い、またその逆もある世の中で、私はある障がいと向き合ってきました。

その障がいとは、脳の障がいである自閉症です。

自閉症をインターネットで調べると、さまざまな特性が載っていますが、それがすべて自分に当てはまっているわけではありません。

私は悩み、特性に疑問を抱きました。自閉症の特性に自分が飲み込まれてしまいそうでした。そして、ずっと探し、問い続けました。自分とは何なのかを。

私は繊細です。そして妄想や空想の世界に入り浸ることが多いです。最初はそれにすら気づきませんでしたが、少しずつ気づき始めました。

うまく話せず、文章も書けない自分でしたが、今は少し話せて文章も書けます。

表現できるのは気持ちが良いです。昔の私は表現が苦手でした。目の前で起きた現実を表現しきれないのが悔しくて、苦しかったのです。でも今は、そう思うからこそ表現できているのかもしれないと考えています。

狭い視野が広がり、またすぐ狭まるように、世の中も自分も動いているような気がします。

自閉症の特性、それは主にコミュニケーションに関する障がいといえます。

他の人との「違い」を比べてしまうこともあります。

けれど、それは自分の性格でもあります。だからこそ「自分がどうしたいか?」「どんな生き方がしたいか?」を考えるのです。人生は一人一人に委ねられています。自分らしい生き方に決まった形がないからこそ、工夫が必要だと思っています。どんな人生だとしても、誰かに少しでも明るさを与える、そしてそれを感じる。そんなお互いの思いやりがあるからこそ、世の中は今も動いているのだと思います。すべては表裏一体。良いことだけではありません。

詩を書く時の多くは、悩んでいます。とても悩みます。

悩みつつも記憶を振り返ると、経験や感じたことが詩のストーリーとなって現れます。表現する言葉や構成がひらめく瞬間が好きで、詩を書いているのかもしれません。

自分自身と向き合う時間を、人生の中で無駄だと思う人もいるかもしれません。もっとパワフルに生きたいと願うかもしれません。

でも、長い人生の中で、少し立ち止まって振り返ってみるのも良いと思うのです。流れの早い時代の中で焦るのはわかります。けれど疲れすぎてしまわないように、少し心を緩めるのも大切です。そうやって頑張ったり休んだりして、自分を整えながら生きるのが人生だと思っています。

一番大切なのは人生を継続することです。

大きな成果を残すために、頑張って疲れ果てるのも良いと思います。けれど、自らを追い詰めすぎて、人生を継続できなくなる時もあります。

そうならないよう息抜きが必要です。この本を読んで、ふと立ち止まっていただくのもありだと思います。

人生は長いようで短いです。なるべく楽しんで生きましょう。

目次

第一部

アート

心に入る　言葉の気持ち
記憶が残り　気持ちを感じ
心の中でどこかを見つめ
心に描く記憶の色彩
一つの気持ちが　ここにある
描けない時もたまにある
それでも描く　一つの自分
一つ　一つが大切で
自分を見つけ　自分を描き
心のアートは　心の豊かさ
自分の絵の具を信じよう
自分の心を信じよう

繋がる心

言葉を感じ　思い出す
多くの記憶　多くの気持ち
心の中で広がり続け
心の中を埋めてゆく
良くも悪くも埋めてゆく
どこかで抑える時もある
抑えが効かない時もある
心の中は多くを感じ
一つの答えを言葉にすれば
繋がる時もあるだろう
静かに繋ぎ　強くなる
一つの絆があるだろう

海

青い海
この海に涙を流せば
涙の雫が海に融け込むように
静かに悲しみは消えていくのだろうか

空

空を見ていた
この空に夢を描いて
いつか叶うといいなぁ
そう　空を見て思ってしまうくらい
空は広く自由なのかもしれない

太陽

眩しい太陽
みんなを照らして
どこまでも明るく
なれるような思いが
みんなあるから
みんな太陽のような
輝きのある人生
それを目指すから
太陽が眩しくて
それでもその輝きを目指すから
みんなの心は輝けるんじゃないかな

月

月がきれいだ
このしずんだ気持ちに
そっと光を照らすように
やわらかい輝きが
見守るように
僕を見つめている
そう感じるのは
ちょっと疲れているからだろう
それでもなにかを信じているからだろう

花

心の中で　膨らむ気持ち
つぼみが膨らみ　花が咲く
感じてみれば　わかるはず
あなたの心が好きな花
あなたの心が気づいてる
いろんな花が咲き乱れ
いろんな花が咲き誇る
あなたの心が育つとき
一つの花を摘むだろう
花の言葉を信じよう
あなたが摘んだ花だから
あなたの想いが詰まってる

芯

心の中で発する言葉
心に置いて　忘れない
言葉で支える　一つの心
苦しき言葉もあるだろう
苦しみ　心が揺れ動く
そんな言葉もあるだろう
それでも自分を信じよう
信じる言葉があるのなら
自分の心を強くする
強く心に芯を持つ
揺らさず心に芯を打つ

ほんとのこと

多くの気持ち　感じる心
心を探り　気持ちを見つけ
見つけた先に　見えてくる
心の本音　ほんとの気持ち
一番多く感じる気持ち
一番多きは　苦しみの心
ほんとの気持ちが　日々の常
ほんとの心が　わかってる
「ほんと」だけでは生きられない
「ほんと」なくして生きられない
ほんとに本気で生きる時
生まれてくる　ほんとの言葉　心の真意

嘘

どこかで嘘をついてみる
心の痛みを包み込み
心の弱さを自覚する
やらねば　心に傷がつく
ありのままでは生きられない
わかった上で嘘をつく
わかっていればそれでいい
自分の嘘は嘘のまま
だれかの傷は傷のまま
そのまま　そっとしてほしい
そっとやさしく嘘をつく

ルール

ルールを守って生きること
ルールを守る　難しさ
時代の流れをよく見つめ
時代の流れをよく学ぶ
時代の流れを　掴むには
守るだけでは　掴めない
あなたの夢は掴めない

答え

いつも　答えが知りたくて
先を走れば　答えを見つけ
新たな答えを探しだす
ゆっくり歩けば　焦りを覚え
気づけば　どこか急ぎ足
気づいた頃には疲れ果て
気づいた頃には終わってる
それでも信じて生きている
自分を信じて生きている

確認

自分の気持ちを確かめる
しっかり確かめ　よく定め
しっかり気持ちを　掴み取る
一つの気持ちを活かすため
自分の心に言い聞かせ
自分の心の糧とする
手放す時もあるだろう
それでも　どこかで生きている
心のどこかで生きている

意識

強く　心で意識する
すればするほど　気持ちが湧いて
抑えたいけど　やめられない
抑えが効かない時ばかり
無理して抑えて　よく悩む
抑え続けて　苦しくて
時間が経てば治るかな
時間をかけて静めよう

会話

会話をし続け　よく思う
言って良いこと　悪いこと
考えすぎれば　よく黙る
考えなければ　滑る口
気軽に話せず　会話が終われば　よく思う
どこかで気軽に話したい　そんな自分を隠してる
隠し続けて　寂しくて
寂しいままじゃ終われない
僕の人生終われない

私

いつも本音を隠してる
どこかで　いつもごまかして
話せば　自分が怖くなり
いつもの自分を演じてる
いつもの自分が私自身
私が私でない時は
そんな私もいるだろう
そんな私をどう思う
だれかが　私を　どう思う
そう思いながら　私は私を演じきる
どこかで　本音を　呟きながら

道

付き合い続けて　気づくこと
どこかで　違いを感じてる
当たり前だと思いたい
当たり前だと思えない
新たな自分を探すため
出会いと別れを繰り返す
出会いと別れを恐れない
私は私の道を行く
自分の信じた道を行く

心

ありがとう
その一言で　心が和らぐ
どういたしまして
その一言で　心が繋がる
心と心のふれあいに
心と心のやさしさが
一つの輪となり繋がって
どんどん広がる　心の輪
心と心の支えあい
ありがとう　どういたしまして
その一言が
心の器　大きく　絆　どこまでも

想い

想いがあれば　育つ夢
想いが描く　未来の自分
自分のために　できること
今　やれること　一つずつ
基本を学び　基礎を固め　基盤を築く
毎日の行い　毎日の積み重ね
ゆっくり　ゆっくり　進みだせ
夢に向かって歩きだそう

気持ち

だれにもわからない気持ち
奥が深くて　傷が深くて
だれにも言えなくて　だれかに言ってしまいそうで
いつか自分が壊れてしまいそうで
そんな気持ちが苦しくて
他人と比べっこしたり
自分を良く見せたり
自分が一番わかってるクセに
自分に一番うそをつく
それができない時がある
それができてる時もある
できない時が多いなぁ……

思い出

楽しかったあの時
一瞬の紛れもない気持ちが
一生の思い出
どこかで忘れてしまいそうな
あの時の気持ちは
またあの人に会えば
思い出せそうで
でも思い出は
心の中に思いがあればよみがえる
いつ思い出そうか
それは日常の中で
泣いたり笑ったりすると

思い出すかもしれない
いつか終わりが来る時も
あの出会った時のはじまりも
大きく　気持ちがときめいて
すべての思い出があり余るくらいに
僕の人生を彩っているのかもしれない

なにも

今日も一日が過ぎてゆく
なにもしなかったな
なにかしてたのかな
気がつけば一日の終わり
いろいろ考えてた
今日のことから明日のこと
未来のことから過去のこと
考えすぎればキリがない
考えなくてもキリがない
なにかしようと考える
「なにもできない」とあきらめる
なにかしようとしてるからこそ

いろんなことを考える
考えるから　心は育つ
考えてるから　夢がある
考え続ける　意味がある
過ぎてゆく一日の中で
考え続けた　夢　想い
考え終えた　夢　心
いっぱい夢が詰まってる
心の中に詰まってる

やさしくしたい

自分にやさしくできること
自分を褒めてあげること
自分を許してあげること
厳しさだけでは　苦しくて
厳しさばかり　感じる心
厳しく当たれば　傷がつく
やさしく包めば　やさしくなれる
少しだけでもやさしさが
傷を癒してくれるなら
自分にやさしくしてみよう
自分の心に聞いてみて
そっと静かに聞いてみて

チャレンジ

一つの気持ちを見つけだす
気持ちを通じ　気持ちを繋げ
新たな気持ちで　明日　目指す
明日　明後日　明々後日
どこまで続くかわからない
どこまで信じられるかな
自分を信じられるかな
見失ってもまた見つけ
見つけてみよう　自分の気持ち
通じた先で繋がって
新たな気持ちを信じよう
あきらめないで　何度でも

お届け物

いつかは自分に届けたい
感じた気持ちを包み込み
一つの気持ちを自分に送る
どこまで届くかわからない
心の奥まで届けたい
信じる気持ちを届けたい
届いた先で　開けてみて
自分の心を開けてみて

繋がる心

言葉を感じ　思い出す
多くの記憶　多くの気持ち
心の中で広がり続け
心の中を埋めてゆく
良くも悪くも埋めてゆく
どこかで抑える時もある
抑えが効かない時もある
心の中は多くを感じ
一つの答えを言葉にすれば
繋がる時もあるだろう
静かに繋ぎ　強くなる
一つの絆があるだろう

不器用

あなたをいつも想うのは
あなたのそばにいてくれる人

あなたと話し　感じること
ずっといっしょに生きてきて
わかってきたこと

心の底にある気持ちが
わからずに　迷ってしまい
いらぬことを言ったり
口惜しいことをしたり
わけもわからず　信じられなくなったり

自分を信じるということは　気持ちを感じ　言葉を伝える
どんな形でも　どんな結末であっても
心の中は正直で　どこか素直じゃない
そんな自分が嫌になる時もある

それでもあなたを想う人がいるから
あなたがだれかを想うから
苦しみを乗り越えて　手を繋ごうとする
手を繋ぎ歩こうとする

温かいのに　冷たくて
どこか　心地がよくて
そんな生き方があってもいい
そんな想いがあってもいい
忘れなければそれでいい

時

一番奥にある心
一番自分がわかってる
だれにも見せない　あの自分
だれかに　わかってもらいたい
だれかが　どこかで気づいてる
あなたと同じ苦しみを
うなずき　心で感じてる
きっと　あなただけじゃない
みんなも感じることはある
強く感じる時がある
あなたと同じ時がある

遠近

遠くて近い心と心
いろんな場所から話しかけ
心を掴み　心を繋ぐ
心の中で埋まる距離
心の中で信じてる
遠くて近いが信じてる
あなたの心を信じてる

歩み

いっぱい　いっぱい　ころんだ人
いっぱい　いっぱい　ぶつかった人
まだまだ人生は
「いっぱい」じゃないけど
そのいっぱいというのは
いっぱい痛みがわかる人
いっぱい歩いてきたから　歩き方のわかる人
いっぱい　いっぱいの人生だけど
でも　そのいっぱいで
だれかにやさしくできたら
ぼくはそれだけでいい

のびのび

いつも大きく背伸びする
背伸びしたまま歩けない
少し自由に歩きたい
倒れる前に　ゆったりと
足を地につけ　歩きたい
ゆっくり景色を眺めたい

前向き

いつも言葉を考える
言葉を発し　自分を信じ
それでもどこか心配で
みんなの前では前向きで
心配だけはさせたくない
本音はいつも隠してる
本音がこぼれる時もある
こぼれて愚痴になる時は
少しゆっくり休みたい
ゆっくり心を整えて
ゆっくり　ゆっくり　前を向く

あの頃

疲れを知らないあの自分
今頃気づくこの自分
夢中になってたあの頃に
戻りたいけど戻れない
元に戻って気づくこと
今の自分に気づくこと
ふりだしに戻って思い出し
新たな自分を探すこと
新たな気持ちで生きること

変化

心をゆっくり動かそう
自分の気持ちを自覚して
ゆっくり変わると信じよう
心の中で焦らずに
ゆっくり静かに待つとしよう

見る

いつも　どこかで　比べてる
真似がしたくて　真似をする
真似してみたら　どうだろう
なにか　一つ　物足りない
なにか　いつも　欠けている
どこかで　気づくこともある
真似して気づくことがある
似ても似つかぬ人生で　比べてしまえば見失う
今のあなたを見失う
目で見て今あるこの場所に　自分の心が生きている
上も下も見るけれど　今の自分を見てほしい

混ぜない

自分の心にある気持ち
すべてを許せば苦しくて　どこかでいつも許せない
おかしな気持ちを許せない　おかしかったら笑わずに
笑って済むほどまともじゃない
笑って済んだら許せてる
苦しい気持ちを許せてる
たまには許す時もある
それでもいつもは許さない
おかしな気持ちを許さない
自分の心と混ぜないで
おかしな自分を混ぜないで

整える

心の中を整える
いろんな気持ちがバラバラで
放っておけば　落ち着かない
放っておけない時がくる
苦しい時がやってくる
そのまま時が流れれば
忘れる時もあるだろう
忘れた時に整える
静かにゆっくり整える

考える

考え続けて　ふと思う
キリがないこと　考えて
知らずにいつも考える
気づけばいつも疲れてる
わかっていても考える
考え続けて嫌になる
そんな自分を許したい
心の底から許したい

忘れる

いつも　どこかで　知らんぷり
そのまま知らないフリをして
そのまま　すべて　忘れたい
忘れたくても　忘れない
忘れた頃に思い出し
気づいているけど　知らんぷり
そのまま　そのまま　知らんぷり

決める

心の中で　気持ちを決める
今も気持ちを決めている
時々　変わって　揺れ動く
揺れれば　いつも不安定
揺れたくないのに　よく揺れる
揺れたら　ゆっくり休みたい
静かに気持ちを落ち着かせ
新たに気持ちを決めること
新たな気持ちで歩むこと

落ち着く

普段は　いつも忘れてる
どこかで少し思い出し
どこかで　なにかが　複雑で
そんな思いが　邪魔をする
そんな思いが　迷いだろう
忘れたくても　思い出し
思い出したら　仕方ない
力を入れずに　時を待つ
私が落ち着く時を待つ

立ち上がる

今までずっと生きてきて
同じ場所でつまずいて
同じ場所で転んでる
わかっていても繰り返す
それでも今は生きている
笑って泣いて　立ち上がる
つまずき　転んで　挫けても
必ず最後は立ち上がる
自分を信じて　立ち上がる

お願い

この世界が生まれて今も昔も変わらないのは
みんな生きているということ
生きているから　いろいろあるんだね
言葉では言い表せなくて　理解できても理解したくなくて
自由なのにもっと自由になりたくて
苦しくてもその苦しさから解放されない毎日
みんな生きているから感じるんだよ　生まれてきたから生きているんだよ
今を嫌いにならないで　今も昔も変わらないから
ただその当たり前の感情に　みんな気づかないのかもしれない
生きるということは「生きる」を感じるということ
だから今を生きていて　それだけでいいんだ　それだけでいいから
これからも「生きる」ことを嫌いにならないでほしい

生きること

あなたの人生は
歩んでもいい
少しとまって
笑ってもいい
笑いながら
歩いてもいい
それができなくても
生きていればそれでいい

乗り越える

付き合い続けて　よくわかる
すべてが良いとは限らない
すべてにおいて自覚する
自覚しながら付き合おう
自覚しながら乗り越えよう
気づけば　いっしょに過ごしてる
あなたと共に人生を
いっしょに　乗り越え　生きている

最後まで

心に言葉を送りたい
言葉を感じ　心に届け
迷いがあれば届かない
迷いがいつも邪魔をする
どこかで信じる時もある
信じる時は　どこまでも
気づかず　そのまま　信じたい

第二部

夢

夢を現実に近づけるためには
大きさを測るのではなく　距離を測ることだ
憧れを抱く前に　測り知れない人生という旅路を
自分という器を使って測り続けることだ

現実

貴方と私とこの世界
私は私　貴方は貴方
同じ世界に生きていて
同じ世界が目に見える
目に見えてわかること
目を凝らして今を見ること
それは私でもない貴方でもない
今の現実を　ただ　ありのまま
見つめてほしい　己の自我を超えて

原理

破壊と再生を繰り返すのならば
原理はあっても真理はない
人は思想を持つために生きるのではない
生きるために思想を持つのだ

たった一つ

原理から真理は作れるが
原理から真理が完成することはない
真理とはナンバーワンではなくオンリーワンだからだ

個性

一点に集中すること
間違いが多ければ集中できない
一つの間違いより　より多くの正解を見出し　力を注ぐ
もし一つの大きな間違いがすべての正解を阻むのであれば
間違いを「直す」のではなく「活かす」
そしてその答えが出た時　より大きな正解が自分の前に現れる
その正解を見つめることが「自分らしさ」と言えるなら
そこに真実はなく
あなたが授かった性格だけが
あなたの人生を物語っていると言えるだろう

マイペース

自分のペースを見つけよう
試してみれば　気づくこと
続かなければ無理がある
無理だとわかれば諦める
無理やり進めば無茶になる
自分のペースはどこにある
そう
振り返ると自分の足跡が教えてくれる時がある
それがマイペース

人類

物語の結末を探し　人は歩む
永遠の価値を求め　人は生きる
人それぞれ　探し求めるものは違う
探し続けることは人類の英知
求め続けることは人類の発展
それぞれが地球というこの星で進化し続ける
それを生きがいと呼び　人に刺激を与えてくれるのだ

ゾンビ

心が一度死ぬとゾンビになる
深い闇を抱えて生きることはつらい
太陽の光がまぶしい　自分が溶けてしまいそうだ
ぐちゃぐちゃになった心は光を拒む
かつて輝いてた自分は今はもういない
ゾンビは蘇ることを望んでいる
新しい自分になるため　過去を忘れようとする
一生懸命おしゃれをする　おしゃれ心を思い出した時
心に太陽が現れ　あなたの心を照らすのだ

デコボコ

デコボコな人生を歩むのは
デコボコな性格をしているから
デコボコじゃない人なんてどこにもいないから
道を歩き　つまずく時もある
それでも立ち上がり　前を向き　歩く
平坦な道からは想像できない
デコボコがあるからこそ人は強く逞しくなれるのだ

大河

心とはまるで川の流れのように
濁流にのみ込まれず　清流を泳ぎきる
その先に大河が見えるからこそ
幸運という流れがいつか自分にもやってくるのだろう

好き嫌い

自分の心に聞いてみる
好きか　嫌いか聞いてみる

好き嫌いを言う前に
自分をいつも抑えつけ
私の本音はどこにある
私の本音はここにある

今　ここで　言ってしまいそうだ
「今日はこの辺で勘弁してほしい」
そう　自分に対して
償いと反省の気持ちを込めて伝えた

自分に嘘をついてしまったかもしれない
だが　誰かを傷つけずに済んだのかもしれない
そうやって私は言葉の矛先を自分に向ける
抑えきれない　感情というエネルギーを
自分の心に抱えながら　これからも生きていくのだろうか

カルマ

感情が生まれる時
楽しさや喜びは良い種を蒔く
怒りや哀しみは悪い種を蒔く
いつか芽生えて花が咲く時
その時が収穫の時だ

幸せ

思い描いた先にあるのは
夢かもしれない
しかし現実を見れば
もっと身近に夢ではない幸せが
見つかる時もあり
華やかな夢も良いが
ささやかな幸せも悪くない

影響

距離が近ければ近いほど影響力がある
良くも悪くも大きく響く
だからこそ人は理想を目指す
お互いが良き関係であり続けるために

テスト

新しい一歩を踏み出すのに答えはいらない
答えはまだ出ていない
答え出したらキリがない
キリがない答え合わせにチャレンジし続けるのが
人生というテストに合格するコツだ

ドラマ

プライドを捨てることも
トラウマを忘れることも
簡単にできるほど人は軽くない
注いできた情熱　測り知れない苦労
手に入れた幸せ　訪れた豊かさ
どれも　これも　良い思い出だった
いろんなことがあった思い出
簡単には語り尽くせない
それほど　ドラマティックなストーリーだったからだ

おもちゃ

負けたんじゃなくて
譲ったんだよ
奪われたんじゃなくて
譲ったんだよ
あなたもどこかでしたんだよ
わたしもどこかでしたんだよ
ただ、それがぐるぐる回ってるだけだよ
おもちゃの貸し借りは楽しいよ
だから　泣かないで前を向こう
そう魂が励ましてくれるさ　どこまでも

エゴ

心が自由になれるのは自分のエゴを捨てた時だ
自分が苦手だと思ってることを意識し続ける
その時だ　新しい自分が見えてくるのは

循環

思考は感情を生み
感情は新たな思考を生む

思考を強めれば未来を変えることはできる
新たな思考が　新たな感情を生み出し
心と体と魂を循環する
そうやって少しずつ人は入れ替わっていく
この地球という舞台で

鏡

現実から感情が生まれ、思考がどう感じるか
その時思ったことが行動に表れ
現実という鏡が反射して
新しい感情を生むだろう

存在

太陽の光が影を映しているということ
当たり前のように見えて忘れてしまえば　争いが起きる
光がなければ影もない　本当の闇はこわいというよりなにもない
なにもないより　あったほうが良いから
対照的な私たちを愛してくれる太陽の存在を忘れちゃいけない

苦楽

苦労が身に染みると
楽な発想が生まれる
楽な道を選ぶと苦労する
苦労し続けた時に逆転の発想ができれば
本当に楽な道とはなんなのかを
知ることができるだろう

可能性

道を歩くことも
景色を眺めることも
途中つまずいて　挫けそうになっても
辿り着きたい場所が違っても
違いがわからなければ　間違いには気づかない
正しい道は一本ではない
無限の可能性があるに違いない
そう　信じて道を歩き続けることが
いつか正解へ辿り着く方法だ

足元

周りに人がいるから　自分がいる
周りに合わせるということは　自分を見つめるということ
自分という人間が周りを見れば見るほど
自分という人間の足元が見えない時がある
足元をすくわれる前に
自分の足元をしっかりと確認することが大切だ

奇跡

神は時に奇跡を起こしてくれる
現実にしっかりと向き合い続け
苦労から滲み出る想いが
奇跡という種を蒔き　新芽を出し　いつか花が咲く
その才能という開花を
神は手助けしてくれるのかもしれない

スイッチ

人はさまよい続けると　スイッチを見つける時がある
そのスイッチはあなたに光を与えてくれる
そのスイッチがどこにあるかというと
あなたが無理をしないような場所にあるのかもしれない

我慢

我慢することを好きになれるだろうか
なれなくて当たり前かもしれない
ただ我慢することに理由はないからね
ただ我慢すればいいんだ
我を忘れるくらい　意味がないことをしてみるといい
意味がないからこそ　それが大切だったりするんだ

深さ

意識が深ければ深いほど　人は満たされていく
その深さに応じて行動する質も違ってくる
意識が浅いことは悪いことではない
ただ感じる世界が違ってくる　それだけだ

意味

未来という明日に
過去という昨日に
今という現実に
時間という瞬間を生き続ける
ただ　そこに　生き続ける
そこに生き続ける意味を常に探し続けるのが人間だ
そして生き続けた意味を教えてくれる時が　いつかやってくる
それがどんな形であっても　あなたが信じ続けた答えだからだ

脱皮

自分が積み上げてきた経験と感動は
殻を作り　やがて脱皮し　新しい人格を生むだろう

自分次第

理性を大切にして理想を守る
理性を大切にし過ぎると弱さを忘れる
気づけば疲れ果て
そこに現れる　弱い自分
そんな自分を許すか責めるかは
自分次第だろう

自分探し

自分に合った生き方をするには
周りの声を聞き　自分の声を聞く
決断した答えが　いかなる結果だろうと
自分に合った生き方を探したに過ぎない
結果ではなく経過に生き方は存在する
結果は過程に過ぎず　経過をおろそかにすれば結果を失う
貴方は今日　どんな生き方をしていますか
自分を探し続けて　経験と感動を味わって生きましょう

どっちも

理性を保つことは大切だが
理性を保ちながら欲望を満たそうとする
そのバランスを忘れずに
毎日生きなければならない

思考と感情の法則

ネガティブな感情の時は　ポジティブな思考を目指す
ポジティブな感情の時は　ネガティブな思考をしない
ポジティブな思考の時は　ネガティブな感情に捉われない
ネガティブな思考の時は　ポジティブな感情を思い出そう

ワクワク

自分の心が自分の人生のどこに注目しているか
当たり前の景色は当たり前ではない
今というこの場所が当たり前だと思うのは　生き続けた証だ
その当たり前の考え方を少し変えてみると
目の前の現実がちょっと面白くなる
だから人はテレビを見たり新聞を読んだりするんだ
そんなちょっとした刺激が　自分の心をワクワクさせるんだ
ワクワクするから今という現実を引き寄せるんだ

味わい

食べ物はよく噛むと味わい深くなる
人生も同じで
しっかりと今を噛み締めて生きることで
味わい深くなるだろう

貫く姿勢

人は矛盾を探すとダメになっていく
あれもダメ　これもダメ　探しているうちに時間は過ぎていく
ダメと言う前に　今という現実に向き合い　自分を貫いていく
その姿勢こそが　今を生き抜くためのコツと言えるだろう

そのままじゃダメ

気持ちを貫けば意志となり
そのままにしておくと感情になる
優しい人はそのままにしやすい
時に厳しく自分の意志を貫くことも大切だ

繰り返し

がんばったら　休む
がんばったら　休む
これの繰り返しが
生きることの基本
がんばり続けることも
休み続けることも
体に悪いね
だから　何事もほどほどに生きよう
それが楽しく生きるコツだ

ちょっと

ちょっとだけ頑張ってちょっと嬉しいと
またちょっと頑張りたくなる
それの繰り返しで
またちょっと頑張りたくなるような出来事を作り続けよう
そうすれば　いつか
その頑張りが報われる時が来るだろう

ホッとする

心の灯が点くと心がホッとする
ホッとする言葉やホッとする出来事　ホッと一息つける時間
そんなホッと温かくなれる思い出があると　ホッと思い出す時がある
それはきっとホッとした瞬間に心に灯が点くからだろう

お互いさま

お互いさまだと思える心は
お互いを許しあえるだろう
自分も　相手も　誰だって
後ろめたいことの一つや二つありますってば
だからその時はそっとしててほしい
誰にも言えない過去は誰にだってある
人生長く生きてればあるんだよ……

そんなものかな……

こんなに寒いのに　こんなに熱い
それはまるで厚着のし過ぎ
こんなに暑いのに　こんなに寒い
それはまるでクーラーの冷え過ぎ
防寒対策も快適な環境も
過ぎれば　また逆を生む
そんなことわかってて
寒いのにアイスを食べたり
暑いのに激辛フードを食べたくなる
いろんなことをしたくなる
人間ってそういうもんなんだよ

義務と自由

毎日を計画通り生きることも大切だが
悔いのない生き方をすることも大切だ
やらなくちゃいけないこと　やりたいこと
やらなくちゃいけないことがある人は　最後までやり遂げること
それが義務
やりたいことがある人は　楽しんでやること
それが自由
過ぎてゆく毎日をどう生きるかは人それぞれ
自分に合った生き方を見つけましょう

神とは

理性という名の神を忘れた時
人は苦しくなる
その背負ってる苦しさを誰が楽にしてくれるのだろう
背負い続ける重みを支えてくれるのは他ならない自分だ
だが理性を与えてくれたのは他ならない神だ
それがあるおかげで　今日も皆一緒に生きていけるのだ

経験と感動の先にあるもの

しっかりと現実を分析すると見えてくるものがある
その現実すら幻想なのではないかと
人は常に色眼鏡をかけている
常識と思えることが非常識で
正しいと思うことが間違いだったりする
分析し続けるとそれがわかってくる
そして究極の答えなどないということもわかってくる
その先にあるのは自由だということもわかってくる
ただ　それは人に教え広めることではない
自分だけがわかっていればそれでいい

タイクツだったから

なにもないより
なにかあったほうがいい
そう思って私たちは生まれてきた
タイクツだったんだよ　神様は

できてないよ！

私ができるのは　こんなこれっぽっちなことですが
これっぽっちなことを守り続けると　小さな喜びが生まれるんです
これっぽっちなことでつまずくこともありますが
これっぽっちなことで立ち直れるときがあります
これっぽっちな人生だと思わずに
人生はこれっきりですと言いつつ……
普段できてない嘘っぱちな私

向き合う

なにかすることより
なにもしないことも
一つの選択肢となる
決めるということをする
迷うということをやめる
それだけできっと
生きることに向き合えるはずだ
自分という人生に向き合えるはずだ

許す

自分を許してあげること
心の中で湧いてくる　自分自身を責める声
自分自身を責め続け　壊れていく自分
そんな時　そんな自分を　強く自覚するからこそ
自分を「許す」どこまでも許す
「許す」自分さえも許せない　そんな自分も許す
限りなく許す　許せない時もある　許す必要はない
許せない自分がいるからこそ　許す自分がいる
両者が睨み合う時　初めてバランスを取れる自分がいる　今ここにいる

第三部

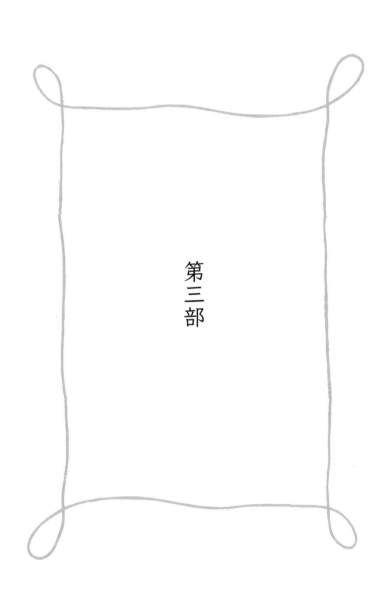

劇場

自分の立場を守るのか
自分の信念を守るのか
損な役回りはしたくない
だが損もしなければ役が回らない
役者は一人じゃない　役作りは一人じゃできない
それが人生という劇場だ

おまじない

いろんな想いがあって
みんな生きてるんだよ
夜空に浮かぶ星の数は数えきれないほどの
人の想い
流れ星に願いを望むのは
誰かに想いを届けたい
おまじないなのかもしれない

ココロスイッチ

それぞれが　それぞれの
心を照らすスイッチがある
自分にしかわからない
ちょうどいい　さじ加減
ちょうどいい　心地のいい言葉
わからない時は自分で探してみよう
心の中で自分に聞いてみて
それがココロスイッチ

ころころ

心がころころ変わるのは
ころころと丸い形をしているから
四角や三角じゃなくて丸い心だから
心が揺れると　心がころころ変わる
それが感動という心を生み出すのかもしれない

絆

あなたは強くなり　守るべきものを守るのか
あなたは優しくなり　愛すべきものを愛するのか
それともその強さは奪い合うのか
愛という優しさは偽りなのか
誰でもわかってるようで
誰にもわからない
誰もが葛藤した　お互いの絆を結ぶために
信じるということを覚えるために
今日も僕らは生きているんだ

強き道　愛の道

克服することは
強き道
告白することは
愛の道
人はどちらでも生きていける
どちらも支え合って
一つの場所で繋がっている
人という文字はお互いを補い
お互いの道を繋ぐためにあるのだ

物

好きな物　嫌いな物
好き嫌いをするなと言われても
いつもどこかでみんながしてる
すべてを好きになってしまったら
すべてを嫌いになってしまう
好き嫌いできるあなたがちょうどいい
どっちもあるから素晴らしい

材料

人生は良い材料と悪い材料
二つ同時に渡される
どちらを選んでも糧になる
どちらも欠けることはない
心の中を見つめると
それに揺れ動く自分がいるだろう
どちらを選んでも自分のためなんだよ

苦く甘い人生

コーヒーを飲むと　甘いお菓子が食べたくなる
コーヒーの苦みを　甘いお菓子が中和する
それがほど良いうま味となって自分を刺激する
まるで自分の人生のように苦みがあって甘みがある
それをこれからも味わえる
そう思うと気が引き締まる思いで楽しめる気がした

未来への道

道を歩き続けることも
道を踏み外すことも
道なき道を歩むことも
それがどんな道であっても
自分が歩んだ道
自分にしかわからない苦労
今日も自分を励まし　自分の道を進む
未来へと繋がる道を進む
果てしない　未来へ

それぞれ違う

この世界は同じでも
心の世界はみんな違う
同じように見えて　何かが違う
それがわからないから
それぞれが　それぞれの　道を進んでいくんだよ

目覚め

目が覚めると幸せはそこにある

この目で見るんだ

一番嫌な役をしろと言われたら　誰もが嫌がるだろう
苦しみも多い　哀しみも多い　怒りも多い
そんな役　嫌だ　もっと良い役がいい　そう思うだろう
でも　そんな嫌な役をしてる人がいたら
それはそれで仕方がないと思う
どうしてこうなるの？　神様のきまぐれかもしれない
誰もわからない　誰も教えてくれない
そんなどうしようもない憤りを毎日抱えて生きるんだったら
どうすればいいと思う？
その答えを自分で見つけて　自分で決める
追い詰められて諦めかけて　なにが見えてきただろう
見えるんじゃなくて　見るんだ　この目で　自分の人生を

人にどう見られても

人にどう見られようが
最大限に信じ切ることが
人を強くする

心の底で信じてた

最高は目指せないけど
最善を尽くしたつもり
どんな結果であっても
自分の信じた道だった
どんな形であっても
自分の選んだ道だった
悔いがないと言えば嘘になるけど
迷いがないと言えば苦しくなるけど
それでも心の底で信じてたのが今の自分
今日もいい天気だな
どんな自分でも　今日も生きていけますように
空に向かってお願いしたよ

粋と枠

いきいき　わくわく
粋な計らいにわくわくして
枠に捉われないからいきいきしてくる
そんな新鮮な出来事が
一瞬の出来事のようにいつも起きる
でも、一瞬だからこそ　その新鮮さは何度も楽しめるんだほんとはね……

ほんとはつまらないと思う
でもほんとに面白かったら
それが普通になってしまう
普通になる前に　何かに気づくのが　面白く生きるコツだ

毎日を生きる！

正しくもなく
間違いでもなく
現実をしっかり生きて
ちょっとだけ夢を描いて
毎日を生きていこう

根は枯れない

不幸の種をばら蒔けばたくさんの真っ黒な花が咲く
幸せの種を蒔けば一輪の白い花が咲く
満開という言葉は才能が開花した結果
その才能を黒く彩っても白く彩っても
どちらも悪くはない
鮮やかなら　あなたの根は枯れちゃいない

息

息をするから　意識が宿る
生きるということは
いつか死と向き合うためだ

輝きを最後まで

だれも命の歩みを止めることはできない
互いに干渉し合い
影響し合う心の営みが
魂の輝きを強め　互いを高め合う
有限なるこの世界で
最後まで生きること
それが私たちの使命だ

私の術

好きを愛して
嫌いを憎まず
近づかない
私流の処世術です

鈍感

時代に合わせることも大切だが
時代を生き残れるかも大切になってくる
必要なのは賢い知恵でもあり
もっと必要なのは毅然とした鈍感力だ

最善を尽くす

ちょうど良いとは最良でもある
最良な生き方ができたら
最善は尽くさないと思う
最善を尽くすような生き方は　みんなしてる
だから泣いたり笑ったり怒ったり喜んだりするんだよ

４つの運命

喜びを感じ
怒りを覚え
哀しみに明け暮れ
楽しみを見つける
すべてが良いとは限らない
すべてが悪いとも言えない
うまく生きていくには
うまくすべてを表現することだ
それが人を導く運命となる

そういう時期

望むよりも　楽しむことを覚えよう
頑張るよりも　無理をしないように生きよう
もし　心と体に限界が来たら　それも悪くない
人生にそんな時間があっても良い
そう思った時は　そういう時期だから
少し自分と向き合ってみるのも　良いかもしれない

強すぎず弱すぎず

心の炎をよく見つめる
強く燃えているか　弱く燃えているか
強すぎると熱くなる　弱すぎると勢いがない
ちょうどいい燃え方ができた時
それは幸せの灯火となる

この世界

新しさを　学ぶため
自分らしさを　学ぶため
感じること　考えること
この世界は役割を果たすために存在する
一人　一人が　発展向上のために
この世界と共に成長しているんだ

色

色んな自分がいるからこそ
色んな経験をしようとする
色んな人がいるからこそ
色んな世界が存在する
色んな色があるからこそ　この世界は輝ける
その輝きがいつか一つになるまで
自分の色を探し続ければいい

痛み

自分の痛みは　自分にしかわからない
自分を大切にするということは　自分の弱さを知るということ
自分の痛みがわかるということは　自分自身に気遣いができるということ
気を遣うのは相手じゃなくて自分だよ
自分の痛みは相手にわからないからね

苦しみが多いからこそ

一つ一つが大切だから
一つ一つが重なって
自分の人生ができる
苦しみが多いからこそ
自分で自分を語りつくせないほど
みんな深みのある人生を歩んでると思うな

雨上がり

雲行きを見て　歩いてた　雨が降りそうだ
急がず　ぐっと堪えて雨宿りするか
それともびしょ濡れになって歩くのか
心が泣いてる時に　私は自分を励ましているのか
雨上がりの空を想像できるくらい
心の潤いを　この雨のように求めているのかもしれない

かっこ

かっこ良い自分
かっこ悪い自分
かっこの良さは人が決める
かっこの悪さは自分が決めてる
どんなに「かっこ」を付けたとしても
「かっこ」を抜け出す勇気がなければ
追いかけっこに気づかない
かけっこより障がいを乗り越えて前へ進むのは
大変かもしれないけど　僕らの心にずっと響くんだ

なぞなぞ

これから歩む道の先には
なにが待っているのかわからない
不安だらけの謎だらけ
なぞなぞだらけの道ってなんだ?
それに挑戦することだ

かけっこ

人生は自分との追いかけっこ
自分をわからなければ
自分に追いつくことはできない

どこかに宿る優しさ

いつになったらこの感覚を掴めるのだろう
手が届きそうで届かない
わかっているのに　忘れたくないのに
儚く消えていく　次の日にはいなくなっている
私の心にずっとあなたがいてくれたなら
私の心はあなたを忘れることはない
ただ　あなただけを忘れた時に
あなたはそっと支えてくれてたんだね
私が忘れてることも知らずに
私が振り向くことを信じて
今日もそっと支えてくれてるんだね
見ず知らずの人の親切がそう思わせてくれた一日だった

実はね

思い込みというのは複雑で
現実は至ってシンプルだ
ただ人の想いによって現実が作られているのは
忘れちゃいけない

工夫

いろんな出来事があって
いろんな生き方がある
なんとも言えない出来事が起きても
なんとか生きていけるように
生き方を工夫する努力をする
それを最大限に求められているんだ

気づいて築く

自分の人生は自分で気づく
自分にしかわからない　感覚がある
それが学び　何にも代えられない　体験
たくさんの学びは　気づく方が楽しい
おもちゃの積み木で城を築き上げるように
自分の心にも城を築き上げるんだ

儚さ

現実という重みのある世界で
夢を描くというのは
とても儚いこと
だからこそ　その儚さが
人間の美しさを表すのかもしれない

自分で運転

失うのはつらい
手に入れるのは好き
手放す時もやってきますが
その時までしっかりと握っててください
人生のハンドルは
自分で動かすんだ

特別に

誰もが特別になりたい
誰でもそう思うから
自分の魂を輝かせる瞬間に巡り会えるんじゃないかな

一番

人は誰しもが　誰よりも自分が
壁にぶつかり　道に迷っていると
強く思い悩んでしまうクセがある
周りが見えないのは自分が大切だから
誰よりも自分が一番だから
一番という思い込みはいつから生まれたのだろう
一番大切なのは　一番近くにあるはずなのに
誰よりも一番知ってるはずなのに
誰よりも一番知らないのかもしれない

みんな仲良く

言葉の流れが　心の流れ
耳を澄まして　心の声を聞く
話す言葉はすべて自分自身
いろんな自分がいるけれど
みんなが仲良くしていると
みんなが感謝をするだろう
それが幸せに繋がっていくのだろう

正義を学ぶ

正義というのは時代に沿った形で現われる
永遠など存在しない
人間の命のように
正義もまた生まれ変わりを繰り返す
正義とは人類の永遠のテーマである

重き自分

なぜ人はわかりやすさを求めるのだろう
重みがあって計りやすい　正直な結果
誰もが価値を望む　誰もが認められるために
誰でも　そう思うからこそ
心の存在をうやむやにしてはいけない
ちゃんとそういう自分もいるからだ

やった後にその先に

できない理由を探す前に
今やれることをやろう
その先にできることと
できないことがある

ちょっと別世界へ

なにもしたくない時
なにもできない時
いつもの日常に戻りたくない時
そんな時になにがしたいだろう
迷ってないで　別な世界に飛び込もう
そして　また戻ってくればいいさ
それが　良いと思うよ

よっぽど……

よっぽどのことがないかぎり
ワタシもアナタも変われない
中身を変えるより
環境を変えるのが
手っ取り早いね

可能性を信じる

運命という言葉で片づけたくない
でも　運命という言葉に頼ることは
時に自分に勇気を与え　試練を与える
運命とは可能性を信じるためにあるんだ

迫力

死んでも終わりじゃない
そう思えないのが人間
でもそう思ってしまったら
迫力のない人生になってしまう気がした
答えがわかってしまったら　面白くない
自分らしい答えが見つけられた時
一生懸命その道を歩み
信じ抜くことができるだろう

そうなっている

見えないし　信じられない
それぞれが自分なりの答えを見つけるために
そうなっているんだよ

あなたのままでいい

変わっても良いし　今のままでも良い
変わらないのはあなたの心
変えてくれるのは今という現実
あなたはあなたのままでいい
いつも　どこかで　変わってる
あなたがあなたでいるために
迷うことだって　新しい自分に生まれ変わるステップなんだ

いつも通りの道

思いきって走ろう
と言いつつ
いつもの散歩道を
いつも通り歩く

おわりに

私は、なるべく短い時間で詩を書くようにしています。

長い時間考えていると、考えすぎて疲れてしまうからです。

詩を書く時は、心の中のパズルのピースをすべて揃えるかのように、自分の心を埋め合わせていくかのように、言葉をつなげていきます。

そうやって私は自分と向き合いながら詩を書いてきました。

今の自分、過去の自分、未来の自分、いろんな自分を重ね合わせ照らしていきます。

そうすると、見えないはずの道が見えてきて、新しい発見があります。

自己分析して研究すると、面白いことがたくさんあります。気分転換になります。詩作は現実を生きていく中で大切なことだと、最近、強く感じました。

目の前にある現実は、そうは簡単に変わりません。それでも、今を一生懸命に生きて、その中の苦しみを、違った形——言葉——で表現するのが好きなのです。

真正面から見れば、ただ苦しいことの多い世界かもしれません。でも、本当に自分が苦しかったからこそ、あまり深い理由をつけずに苦しみを少しでも楽しい方へ変えたいと望みました。

人生とはなんなのか、生きるとはなんなのか、考えたらキリがありません。

でも、考えてしまう時もあります。私は考える時間があってもいいと思っています。一生を終えるまでに、答え探しをするのは大切です。

せっかくの一度きりの人生。

考えることも大切ですし、考えてヒントが生まれて人生を楽しめたら嬉しいと思います。

人生を楽しむヒントはたくさんあります。ただ、ヒントのすべてが正しいわけではありません。現実で起きる優劣だけで、自分や自分の人生を判断するのは危険ですが、つい大多数の側の意見に流されてしまうこともあります。そして、お互いが傷つけあっている場合もあります。言葉に出さなければ相手に伝わりません。

皆さんが感じている世界は、それぞれ違います。そのため、誤解も生まれます。誰かに自分の思いが正しく伝わらなかったり、人間関係がこじれてしまうこともあるでしょう。

でも、それは遠い過去の記憶で、すべてを思い出すにも限界があります。

だからと言って、つらい過去をすべて忘れることはできません。

しかし、自分が今できることをやっているうちに、心のどこかにできたもやもやが解消する場合もあります。

私が今できること、それは詩を書くこと。

毎日の出来事の中で記憶は蓄積され、その記憶がどんなストーリーを生むかはわかりません。

詩で表現できることを、私は面白いと思っています。

自分ではあんまり面白い人生ではないと思っているのですが、詩にすると自分の人生に少し味が出ると思い、詩作を続け、今回、一冊の本にまとめました。

気晴らしに読んでいただけたのなら、嬉しいです。

いろんな読者の方の人生のストーリーに、この本が現れたことがまた嬉しいです。

著者プロフィール

小島 拓也（こじま たくや）

1993年、山形県米沢市生まれ。

中学１年の時に不登校になり、３年間フリースクールへ通学。

山形県立米沢工業高校定時制に進学し、１年生で中退。

17歳の時に広汎性発達障害（自閉症スペクトラム障害）と診断される。

2014年３月、両親と「相田みつを美術館」を観覧した時に詩の素晴らしさに感動し、詩作を始める。

励ましのあやとり

2018年12月15日　初版第１刷発行

著　者　小島 拓也
発行者　瓜谷 綱延
発行所　株式会社文芸社
〒160-0022　東京都新宿区新宿1－10－1
電話　03-5369-3060（代表）
03-5369-2299（販売）

印刷所　株式会社フクイン

ISBN978-4-286-20092-7